峠がある街

The town with a mountain pass

田中正樹

文芸社

彼はどこへ行こうとしたのだろうか——

峠がある街 ◎ 目次

プロローグ …… 7
1 タケルと里中 …… 10
2 タケルの妹ナツ …… 16
3 タケルと森川 …… 24
4 タケルと若村 …… 31
5 ナツと北村英子 …… 39
6 タケルがいない …… 48

7　ナツと沢子の再会……55
8　タケルと仙太郎の夜……71
9　ナツと沢子の夜話……76
10　タケルと仙太郎の朝……85
11　ナツと沢子の朝……88
12　つなぐ……97
エピローグ……102
あとがき……107

プロローグ

二〇二四年二月二十七日。早咲きの桜が、早春の陽を浴びながら、風に揺れていた。

三十七歳の里中裕輔は、夜勤明けの倦怠感と解放感を纏いながら、家に向かう坂道を下っていた。この道をこのまま東に進めば、里中の家がある。さらに進むと海に突き当たる。

一方、反対側の西に進んで坂を上れば、里中が働く知的障害者施設エブリがある。さらに坂を上って峠を越せば、半島の西側に抜けることができる。

東西に走るこの道と、南北に走る鉄道の線路が交わるところに、この町の駅がある。

このようにこの町は山に囲まれ、東側には海が広がっていた。この町の人口は六千に満たない。駅の周辺には食材を販売するスーパーマーケット、コンビニエンスストア、中華料理店、蕎麦屋さん、外見は住宅としか思えない喫茶店や町役場があった。

（こんな都心でもない、大企業でもない、福祉施設に就職してよかったのか）

十五年前、この町の駅を降りた時、里中の気持ちは揺れた。

里中の父親は教育熱心で、大学卒業後の就職についても口をはさんできた。父は上場企業への就職を推した。里中は、教育的とも言えるが、どこか攻撃的な父親から距離を置きたいと思っていた。

今日も、駅が目に入ると、あの日と同じような気持ちになった。

里中は自宅に着くと、夜勤明けで疲れきった体を布団に横たえ、すぐに眠った。


昼過ぎまで眠ってしまった。携帯電話に目をやると、エブリで働く後輩の森川慎一からメールが入っていた。

「タケルさんがいない。連絡ください」

里中はすぐにエブリに電話した。その森川が電話に出た。

「お休みのところすみません。タケルさんが施設からいなくなって、まだ見つかりません」

「どういうこと？」

「トイレの配管修理のために職人さんが棟内に機材を運んでいる際、ドアが開いていて、その隙にタケルさんは出て行ったようです」

「施設長に連絡した？」

「施設長には連絡入れました」

「わかった、駅前のコンビニに行って捜してみるよ。タケルさんが着ているのは黒いTシャツかな」

「そうです」

「タケルさん、無事でいてくれよ」とつぶやきながら、里中は夜勤明けの疲労が残った重い体で玄関のドアを押した。

1 タケルと里中

里中は駅前のコンビニに急いだ。里中はタケルと初めてコンビニに行った日を思い出していた。

タケルは缶コーヒーを冷蔵庫から取り出し「アーア」と言った。そして右手でプルタブを引き上げようとした。里中は「お金を払ってから飲もうね」と声をかけたが、タケルに反応はなかった。「あっちでお金払おうね」と、もう一度声をかけてみたが、反応はなかった。里中はタケルを支払いカウンターに誘導するため、右手でタケルの左肩を少しだけ押した。その時の右手の掌の感覚が、今も残っている。

里中は駅前のコンビニに着くと店内を一回りした。タケルはいなかった。

店員に会釈して、

「黒いTシャツを着て、身長一七〇センチぐらいの男性を捜しているのですが」

と聞くと、店員は首を傾げた。そこで里中はもう一つ加えた。

「うつむき加減に歩く人なのですが」

「来ていないと思いますけど」

「申し訳ありませんが、トイレの中も拝見させていただけますか」

「今は誰も使ってないですよ」

里中は、知らぬ間に、コンビニの奥にあるトイレに籠もっているのではないかと考えた。それは、タケルが施設でもトイレに籠もることがよくあるからだ。

店員と里中はトイレに行って、誰もいないことを確認した。

（失敗した、中華料理屋の龍庵だ）

今年の一月にもタケルは失踪し、中華料理屋の龍庵で警察に保護されたことを忘れていた。この時は、里中は冬休みをとっていた。そのために、自分自身がタケルとコンビニに行った時の記憶を優先してしまい、タケルがコンビニにいると思ってしまった。近々の一月に龍庵で保護されたことを考えれば、まず龍庵と考えるべきであった。里中は龍庵に急いだ。

里中は龍庵に着くやいなや、赤く龍庵と書かれているドアを開けた。にんにくと油が混じったにおいがする店の奥に、二人の警察官が見えた。警察官の間に黒いTシャツを着たタケルを見つけた。里中はほっとした。

「エブリの職員の里中です。お手数をおかけしています」

二人の警察官と龍庵の店員に言った。

里中はタケルに、ゆっくりと向かい合った。「タケルさん」と里中が呼ぶと、タケルは「アーア」と言った。タケルは一瞬だけ里中の目を見たが、すぐに下を向いた。そのあと、タケルは下を向いたままじっとしていた。

「上坂タケルさんはエブリに入所している知的障害者です。ここからエブリまでは歩ける距離なので、私がエブリまで一緒に帰ります」

里中が警察官に伝えた。

「上坂タケルさんは、今年になって、二回目の保護になります。そうなると施設管理者に事情を聞く必要があります。パトカーでエブリまで行くので、里中さんもどうぞ」

がっちりした体格の警官に強い口調で言われると、里中は従わざるを得なかった。

里中はタケルの肩を軽く押しながら店の外に向かった。里中の左側には、厳しい顔をして一心不乱に中華鍋に向かう龍庵の店長が見えた。店長の顔に、普段の笑顔はなかった。


里中がパトカーに乗ったあと、タケルを見ると、うつむいてじっとしていた。

「タケルさん、お名前をおまわりさんに言えたかな」

そう話しかけたが、タケルからは言葉もなく、表情の変化もなかった。里中がゆっくりと「タケルさん」と声をかけると、タケルは下を向きながら「アーア」と声を出した。

警察官が「私たちが聞いた時も、同じように『アーア』でしたね」と言った。

「この、アーアが私たちにとってはタケルさんの言葉なのです」

里中は警察官にそう伝えた。

里中はパトカーの中で警官に、自分はエブリで働き始めてから十五年になること、エブリは三つの棟に分かれていて、里中はそのうちのB棟の班長をしていることなどを説明した。警察官は、どのような状況でタケルがエブリを飛び出したのかを聴取しようとしてきた。里中は「今日は夜勤明けで、タケルがエブリを飛び出した時には自宅にいた」と説明した。

里中は警察官と話しながら、時々タケルの表情を窺った。タケルは、うつむいたままで、表情に変化はなかった。里中はB棟に帰ったあとのタケルが心配だった。（今夜眠れるだろうか。些細なことに反応して、他の人を咬んだり、壁を蹴ったりしないだろうか）

パトカーがエブリに着いた。午後五時を過ぎていた。

パトカーを降りて、里中は二人の警察官に礼を言った。警察官は施設長室がある管理棟に入っていった。

タケルと里中はB棟に向かった。B棟の今日の夜勤者は、森川慎一と若村由美子であった。二人とも里中の後輩であった。

里中は、森川に「タケルさんは今日の夜と明日も、注意が必要だね」と言うと、森川は、

「今晩、タケルさんは眠れるかな。明日は行動が落ち着きないかも、ですね」

と里中に返した。この森川の言葉に、里中は安心した。

里中は、エブリのB棟を出て、重くなった足で暗くなった坂道を、自宅に向かって下り始めた。

2 タケルの妹ナツ

矢倉ナツは四月で三十歳になる。

ナツは高校を卒業した後、調理の専門学校に進学し、卒業後は和菓子屋の手伝いとして働き始めた。八年ほど、その和菓子屋で修業を積んだあと、二年前に琵琶湖のほとりにある町で和菓子工房を開き独立した。寒天やゼリーなど透明感のある食材を使った和菓子をネットで販売し始め、一年ほどすると、生活費には困らなくなった。

ナツは、和菓子屋に就職してからすぐに、秋田太郎と付き合い始めた。三年ほど前、二人の関係が和菓子屋の同僚に知れ渡った頃からナツは仕事に集中できなくなった。そのこともナツが独立するきっかけになった。

ナツは一歳の時、矢倉友和と峰子の養子として迎えられた。ナツの生みの親は、峰子の五歳上の姉の上坂沢子である。

ナツが、矢倉家の養子であることを初めて聞いたのは、ナツが十八歳の時、調理の専門学校に合格した年の春であった。もう十二年も前になる。ナツは、その日のことを鮮明に覚えている。


十二年前の三月、ナツは、峰子と友和と一緒に、京都の鴨川沿いの料理屋に出かけた。

料亭に着くと、着物姿の女性が迎えてくれた。狭い階段を上がると、六畳の京間があった。奥に進んで窓を開けると、鴨川が左から右に流れていた。その向こうにはお寺の塔が見えた。

先付、椀盛り、造里、八寸、焼物、煮物、食事、水菓子と料理が続いた。水菓子は木梨のシャーベットであった。

すべて食べ終え、ナツは「お母さん、お父さん、ごちそうさま」と微笑んだ。すると急に、母の峰子が背筋を伸ばした。

「ナツ、ちょっと話があるの」

「なに、お母さん」

「……実は、ナツは私が生んだ子どもではないの」

峰子が一気にそう言うと、父友和も正座していた。

「………」

「私の姉の沢子が生んだの。ナツが生まれたあと、あなたの実の父親は亡くなったの。

そしてあなたの四つ上のお兄さんのタケルさんの育ちが思わしくなくて、姉の沢子が
私に、一歳になったあなたを預けたの」

「お母さん……でも私には目の前のお母さんしかいない」

「ありがとう」

と峰子は涙した。すると父親の友和がしみじみと言った。

「小さい時から、ナツは賢くてかわいかった」

「ナツが大人になるまで、姉の沢子が『このことは話さないで』と言ったものだから
今日になったけど、ようやく私の胸のつかえがとれました」

峰子の表情から緊張が取れ、いつもの母に戻っていた。

その後、峰子は、ナツの実母である沢子の住所や、ナツの兄のタケルが障害者施設エブリに入所していることを話した。そして「今日は話を聞いてくれてありがとう」と言って、その場を締めた。ナツはもう少し、生みの親の沢子の話を聞きたかった。


その数日後、峰子はナツを買い物に誘った、峰子は店の手前に大きな榎がある、鴨川沿いの喫茶店で、ナツに沢子の話をした。

「姉の沢子が小学校四年の時、同級生の男の子が不登校になったの。それがね、姉はその同級生に、『死ね』と言ったようなの」

「『死ね』は言っちゃダメだね」

「死ねと言われた同級生は、沢子に段ボールを投げたらしいわ」

「えっ、大丈夫だったの？」

「その同級生の母親が、沢子に会わせろと教頭先生に詰め寄ったらしく、沢子は学校で職員室に呼びだされたわ」

「えっ、どうなったの?」

「沢子ね、『段ボールを投げたあんたの子が悪いのよ』と同級生の母親に怒鳴ったそうなの。教頭先生が、姉に『なんで死ねと言ったの』と聞くとね、姉は『あいつ、体育の時間に先生の言うこと聞かないで友達とじゃれているからだよ。教頭先生、わかってないの』と言ったそうよ」

「沢子さん強いね」

峰子の話は続いた。

「その沢子が中学三年の時、『峰子は友達がいていいね』って言い出してね」

「沢子さんは友達できなかったの?」

「『お姉ちゃんは言い方がきついからね』と私は言ったわ。私に対しても強くあたることが多かったし」

「まさか……沢子さんがお母さんに、一方的に私を押し付けたの?」

「いえ……沢子は高校卒業後に、保育所や、すし屋や、金型を作る会社などで働いたの。そして金型を作る会社の社長の上坂孝一さんと結婚して、タケルさんとナツが生まれたのだけど、タケルさんが五歳になる前、孝一さんは四十歳前に事故で死んだの。ナツはその時、一歳にもなっていなかったわ」

「私の実のお父さんは事故で死んだのね」

「そう、それで姉が孝一さんの会社を継いでね」

「社長さんになったの」

「そう、姉は孝一さんの会社を継いで、タケルさんとナツを育てようとしたけど、二人を育てるのは無理と思って、ナツを私に預けたの。姉は立派だと思う。ナツを手放す時、つらかったと思うよ」

ナツは沈んだ空気を変えるように尋ねた。

「ところで、私は、その沢子さんに似ているの？」

「沢子と私はよく似ているって言われたわ。姉妹だから似ているのは当たり前ね。姉も私も目がまるいけど、ナツの目は切れ長で、私たち姉妹よりも美人だよ」

「ひょっとして、私は孝一さんに似ているの？」

「そうね。孝一さんの目かもしれないね」

その後、ナツは実母に会いたいという気持ちにもならなかったため、連絡を取ることもなく過ごしてきた。しかし、四月で三十歳になる頃、十二年前の峰子との話を思い出し、タケルに会いたいと思うようになってきた。

和菓子作りの仕事が軌道に乗って収益が上がってきたこと、三十歳は年齢的に大きな節目だと思ったこと、専門学校を卒業してから付き合っている秋田太郎が結婚したいと言い出したことなどが、ナツの気持ちを家族であるタケルに向けた。

秋田は、結婚について、ナツと自分の二人が一緒に生きていくことが大切であって、沢子やタケルのことは問題ないと言う。

(秋田にとっては沢子もタケルも他人だけど、私にとっては他人とは言えない)

ナツはそう思う一方で、

(自分とタケルは似ているのだろうか。タケルは私のことを妹だとわかってくれるのだろうか)

そう思う気持ちも日に日に強くなっていた。

しかしながら、実母の沢子に対しては、「私を見捨てた」との恨みにも近い思いしかなかった。

3 タケルと森川

二月二十七日の午後五時、森川慎一と若村由美子がエブリのB棟での夜勤を始めた。

森川は、タケルは昼過ぎに駅前の中華料理屋の龍庵で警察に保護され、里中と一緒にB棟に帰ってきた。そのあとタケルの姿勢はうつむき加減のままで動きは少なく、普段以上に、表情には変化が乏しかった。

タケルは、これまでにあったことを言葉で伝えたり、自分自身の今の気持ちを言葉で誰かに伝えたりすることができない。タケルが発する言葉は「アーア」だけだ。エブリを飛び出してから、警察に保護されてエブリに帰るまでの間、タケルにとっては新鮮であったかもしれないが、普段の生活にはない無制限の刺激が、濁流のごとく、タケルの目や耳や鼻に押し寄せたに違いない。

それらの刺激がタケルにどのような影響を及ぼしたかは、タケルは言葉がないゆえ、我々には伝わりにくい。また、言葉を話せる人間であれば、誰かに話をすることで、気持ちを整えたり発散したりすることができよう。それもできないタケルの気持ちには、不安が強く渦巻いていると、考えた方がよい。

このように森川に教えてくれたのは、エブリの施設長の長田雄一郎である。タケルは、町の祭りや幼稚園の芋ほりに参加したあと、壁を蹴ったり、他の利用者に咬みついたりすることがよくあった。森川は、このようなタケルの経過から、今晩、タケルが、他の入所者や職員が発する声や動きに敏感に反応して、粗暴な行動に発展する可能性があると考えた。

そんな心配がある今晩のタケルに対応するには、エブリでの勤務経験が長い自分の方が、経験年数が短い若村よりもよいだろうと、森川は考えた。そのため「今日、タケルさんは、私が担当します」と、若村に伝えた。

森川は、タケルをB棟にあるシャワー室に誘導した。

お湯の温度が適温になったことを自分の手で確認した森川は、タケルの手の平にシャンプーをのせた。タケルはシャンプーがのった自分の手を頭に置いて動かし始めた。タケルの頭に泡ができてきた。しばらくすると、タケルが「アーア」と言った。森川は、シャワーのお湯を使ってゆっくりとタケルの髪の毛についた泡を落とした。タケルがバスタオルで頭を拭いたあと、森川は、タケルの髪の毛の生え際や脇を丁寧に拭いた。

シャワーが終わると、森川はタケルを部屋に誘導した。

今晩タケルが落ち着いて過ごすためには、他の入所者や職員が行き交うリビングよりも、静かで他の利用者が見えない自室の方が適していると判断した森川は、普段はリビングで食べる夕食を、今日はタケルの部屋で提供した。

午後七時三十分ちょうどになった。

タケルの部屋にいる森川に「わかさん、わかさん」と若村を呼ぶ声が聞こえてきた。

入所者の吉川健太が、夜勤の若村に近づいているのであろう。吉川が「わかさん、明日、日勤だれ　明日、日勤だれ」と言っている。吉川は毎日午後七時三十分になると、翌日の勤務者を聞いてくる。若村は「明日の日勤は○○さんと××さんですよ」と答えた。

森川はさらに耳をすませた。このあとの若村の吉川に対する対応が重要と思ったからだ。ほどなく再び吉川が「明日、日勤だれ、明日、日勤だれ」と同じことを言っている。若村はもう一度、「明日の日勤は○○さんと××さんですよ」と答えた。森川は、胸をなでおろした。若村は吉川にしっかりと対応していると思った。

エブリに就職して間もない頃の若村は、「日勤だれ、日勤だれ」と聞かれた時、一度は「明日の日勤は○○さんと××さんですよ」と答えたものの、二度目に聞かれた時からは「さっき言ったでしょ」と、あたかも吉川を振り払うように反復し、その声が次第に大きくなっていた。

若村の「さっき言ったでしょ」の言葉の中には、「私は多くの人に対応したり支援したりしているから忙しいのよ」との思いがこもっていた。このように職員の忙しさを理解してほしいと思ってのことだが、その言葉に含まれる意味を理解しない吉川は「わかさん、明日、日勤だれ　明日、日勤だれ」と質問を繰り返す。

吉川が質問を繰り返した時には、職員も繰り返し、「明日の日勤は○○さんと××さんですよ」と言えば、吉川は静かになるし、「次は歯を磨きに行こうね」と言えば、吉川は抵抗することなく歯磨きに向かう。歯磨きの時に吉川がもう一度、「わかさん、明日、日勤だれ　明日、日勤だれ」と聞かれたら、さらにもう一度「明日の日勤は○○さんと××さんですよ」と職員が言えば、吉川は歯磨きを終えて、トイレに向かい、自室での就寝につながる。

ところが、職員が「さっき言ったでしょ」と言うと、吉川は「明日、日勤だれ、明日、日勤だれ」を繰り返す。そして同じ答えをもらえないと、ひたすら繰り返し、吉川の声は次第に大きくなって、さらに、声が大きくなるだけでなく、大声を出しながら体当たりなどの粗暴な行動に進展する。

しかし若村は「明日の日勤は○○さんと××さんですよ」と繰り返し回答すること

が、吉川との間にある緊張を高めない術であることを習得してくれた。

（今日は、私がタケルさんの部屋の中で個別に対応しているから、部屋の外にいる若村はタケルさん以外の入所者をしっかりと支援しようと思っているはずだ。これでいい）

森川は思った。

そうしているうちに、タケルが眠そうな顔をし出した。布団を敷いて、タケルを布団の中に誘導して、森川はタケルの部屋を出た。

吉川のように、「明日、日勤だれ、明日、日勤だれ」と言葉を発する入所者を見た人は、これだけ話ができるのだから、コンビニで支払いぐらいできるだろう、と思ってしまうことがある。しかし実際のところは、吉川はコンビニに行くと、好きな商品に手を伸ばして、支払いをする前に食べてしまう。職員の付き添いがなければ、コンビニに迷惑をかけてしまう。

重度知的障害と言っても、入所者それぞれに特徴がある。それぞれの特徴を把握して、それぞれに応じた支援をすることが、エブリの職員の仕事であるが、これには経験も労力も必要だ。

夜十時になった。

森川がタケルの部屋に行くと、タケルは布団をかぶって寝息を立てていた。森川は、里中に「タケルさん、すやすや眠っています」と短いメールを入れた。

(こうやってタケルさんが静かに眠れているのは、里中さんが、タケルさんへの対応の仕方を教えてくれたからだ)

森川は里中に感謝した。

4 タケルと若村

翌日の二月二十八日、エブリも朝を迎えた。

エブリには管理棟があり、入所者の部屋がある三つの生活棟、A棟・B棟・C棟がある。

入所者は夕方から翌朝まで生活棟で寝起きし、朝八時半から午後三時までは管理棟の中にある作業所で作業をすることになっていた。作業内容としては、紙をシュレッダーにかけて裁断したり、缶をつぶしたり、洗濯物をたたんだりする作業がある。その他に、職員の手を借りながらではあるが、パン作りをする入所者もいた。

普段タケルは、職員があらかじめ用意した、パンの生地をこねる作業をしていた。「アーア」と言いながら、両手に力を込めて、生地をこねていた。

今日も、タケルは朝七時に起床して、八時半に作業所に出発する日課になっていた。ところが、朝七時半を過ぎてもタケルは起きてこなかった。

里中は、八時前に作業所に電話を入れた。

「上坂タケルは、今日、作業所を休ませていただきます。申し訳ないです」

（タケルは昨日警察に保護され、無事にエブリに帰ってきたものの、まだ疲れているのだろう）

里中はそう思った。

電話のあと、里中はB棟のタケル以外の入所者が作業所に出発できるよう、リビングの方に誘導した。入所者が作業所に持っていく荷物は、夜勤の職員がすでに確認していた。里中は「おはよう。今日も作業所に行こうね」と、それぞれの入所者に声をかけ、一人一人の表情を見ながら誘導した。

午前十一時過ぎに、施設長の長田から里中に電話があった。相談したいことがあるので、昼休みに施設長室の横にある、応接室に来てほしい、と言われた。里中は、昨日警察に保護されたタケルのことだろうと思った。

　里中は正午に、応接室に入った。そして長田が話し始めた。

「警察から三度目の失踪はやめてほしいと、お灸をすえられたよ。B棟の入り口の戸締りをしっかりしないといけないね」

「はい、注意するしかないですね」

「ところで、タケルさんは落ち着いているの？」

「今日は、作業所を休みましたが、今のところ落ち着いています」

「警察は、なぜエブリから外に飛び出したのかと何回も聞いてきたけど」

「私の憶測にすぎませんが、タケルさんは外に出たかっただけ。おいしいものを食べたくて中華料理屋に行った、そんなところでしょうか」

「警察は、エブリで不適切な対応があるから、タケルさんが飛び出したと疑っているね」

「警察が言う不適切な対応って、いわゆる虐待ですね。それはないです」

長田はうなずいたあと、ふと思い出したように話し始めた。

「話は変わるけど、タケルさんの妹さんだという人が、面会を申し込んできたけど」

「えっ、タケルさんに妹が？　今まで、タケルさんのお母さんである上坂沢子さんから、タケルさんに妹がいるとは聞いてないです」

「私も、タケルさんに妹がいると聞いてないので……」

「話が見えないのですが」

「でも、妹さんと名乗る人から電話があってね」

「にわかに信じがたい話ですね」

「素性のわからない人をタケルさんに会わせるわけにはいかないので、里中、悪いけど、お母さんに連絡を入れてくれる」

「ちょっと待ってください。お母さんに、『タケルさんには妹さんがいるのですか』と質問するのですか？　ちょっと言いにくいです。お断りします」

「そう言わずに」

「そんな身元調査みたいなことはやりたくないので」

断る里中に長田が渡したメモには、矢倉ナツの名前と携帯電話の番号が書かれていた。

その時、施設長室にある固定電話が鳴った。長田が電話に出ると、

「若村由美子さんが咬まれました。タケルさん、興奮しているので、助けをください！」

通話の声は里中にも聞こえた。

「施設長、Ｂ棟に行ってきます。午後は休む予定でしたが、出勤とさせていただきます」

4　タケルと若村

里中がＢ棟に入ると、タケルの大きな声が聞こえた。タケルは部屋の中にいた。足で壁を蹴るタケルの前に、里中は自分の体を入れて、タケルの右肩に左手を置いて向き合った。里中は動かずに、静かな時間を作った。

次第に声が静まり、タケルの蹴りが弱くなってきた。いつも通りに、タケルが時間をかけて落ち着いてきていると、里中は感じた。

十五分ほどして、タケルが静まったところに若村がタケルの部屋に入ってきた。里中に「話がある」と若村は言った。タケルの部屋の中で里中と若村が話をすると、その会話がタケルにとって余計な刺激になるかもしれないと考えた。里中と若村は、タケルの部屋の外に出た。すると、若村が「ちょっと、外で」と言うので、二人はB棟の外に出た。

「里中さん、職員の田ノ原洋子さんが、また、タケルさんの横に吉川さんを座らせたの。それも真横に」

「吉川さんは真横に座ると、タケルさんをつねったり、押したり、ごはんを取ったりでしょう」

「もう、田ノ原さん、困るのよ。注意が足りない」

「田ノ原さんには、タケルさんのすぐ横に吉川さんはダメと何度も言ったけどね」

「他の職員も、タケルさんの横に吉川さんはダメと、田ノ原さんに言っているんですよ」

「何度言ってもダメのようだね。ところで、若村さんが咬まれた時の状況は？」

「吉川さんがタケルさんの昼食のミカンを取った瞬間、まず吉川さんとタケルさんの間に体を入れて、私自身が大きな声は出さないようにと必死にこらえたけど、やっぱり田ノ原さんに対する怒りがあって、ついつい『ダメ！　吉川さん』と大きな声を出してしまって、まずいと思った瞬間に、タケルさんに後ろから左肩を咬まれました。タケルさんは私の大きな声に反応して、タケルさん自身が怒られたと思って咬んだと思います」

「肩の傷については、病院に行って診断書をもらってきてほしいけど……」

「自分の責任だから仕方ないです。どっちかと言うと、精神科に行きたいです。田ノ原さんへのむかつきが抑えられなくて。あーっ！　田ノ原さんむかつく」

　そう言いながら若村は地団太を踏んだ。

　里中は、タケルが若村に咬みついた誘因として、入所者の吉川に対する田ノ原の配慮不足が大きいと思った。

　原因はともあれ、昨日そして今日と、タケルの失踪や若村への咬みつきが続いているので、タケルの妹という矢倉ナツさんの訪問は、とにかく先に延ばしたかった。

メモを渡された以上、しぶしぶであるが、里中はメモを見ながら、矢倉ナツの携帯に電話をかけた。

「私は矢倉ナツと申します。私は上坂沢子の娘で、タケルさんは私の四歳上の兄です。私は……」

電話先の女性は説明を始めた。話を聞いているうちに、ナツはタケルの妹であると里中は思った。そこで提案した。

「タケルさんのお母さんである上坂沢子さんがエブリに来る四月十日、矢倉ナツさんもエブリに来てタケルさんに面会してはいかがでしょう」

5 ナツと北村英子

「タケルさんに会いに行って来ていいかな」

ナツが峰子にそう聞くと、

「三十歳になるあなたに、ダメとは言えないでしょ」

と苦笑しながら答えた。

そしてエブリの職員の里中と電話で話し、四月十日に訪問することになった。その日、ナツは、四歳上の兄のタケルと生みの親の沢子にも会う。二人に、物心がついてから初めて会うかと思うと、ナツはうれしさと、どのように振る舞ったらいいのかの迷いとが相半ばした。


三月中旬にナツは、梅の花が咲く近江八幡市に北村英子を訪ねた。

英子は重症心身障害者の施設で働いていた。ナツと英子は同じ中学と高校に通い、高校の時には、夏の祇園祭りに二人で浴衣姿で出かけるほど仲がよかった。

タケルと会う前に、重い障害がある人の話を、英子から聞きたかった。ナツは重度の障害者を目の当たりにしたこともなかったし、障害者の施設を見学したこともなかった。重度の障害者と言われても、何もイメージできなかった。タケルに会いに行く前に、障害者の施設で働く英子から、重い障害について教えてもらいたかった。

ナツは自分が作った羊羹を英子の前にひろげた。そのあとに、峰子は育ての親で、峰子の姉である沢子がナツの生みの親であること、さらにナツには四歳年上の兄タケルさんがいて、そのタケルさんは重度知的障害者施設エブリに入所していることを英子に説明した。

「英子が働く重症心身障害者施設とタケルさんが入っている施設はどこが違うの？」

英子はスマートフォンでエブリのホームページを見ながら、

「タケルさんは、重度の知的障害があるけど体の障害はないようだね」

「英子が仕事している施設の入所者は、知的障害も重く、体の障害も重いのね」

「そう、私が働く施設には重度の知的障害があって、体の障害も重くて、自分で座ることもできない、寝たきりの人が入所していて、タケルさんの施設には重度の知的障害があるけど、動けるし、歩ける人が入所していると思うよ」

「重度の知的障害と言われてもピンとこないけど……」

「全く言葉を発しないか、簡単なことは言えても、それ以上は言葉が出ない人かな」

「それじゃあ、私が会いに行っても、話ができないのね」

「その可能性ありだね」

「私が妹だとわからないのね」

「そんな気がする」

「イメージできないな」

ナツは英子にそう言いながらも、自分のことを妹だとわかってくれそうな気がした。

というか、そうあってほしいと思った。

するど、英子が思わぬ話を始めた。

「私たちが中学校一年の時、福井に転校していった小島くんのこと、覚えている？」

「秋頃から学校に来なくなって、そのあと万引きか何かで問題になった小島謙太くんのこと」

「そう、その小島くんに、合同の障害者施設研修会で偶然会ったの」

「小島さんも施設で働いているの？」

「そうなの、私と同じような施設で働いているの」

「小島くんと、どんな話をしたの？」

「小島くんはね、中学の時、宿題を提出しなかったのも、学校に行かなくなったのも、すべてお母さんを困らせるためだったと言うの」

「どういうこと？」

「小島さんの話ではね、小学校の頃から、小島くんが背中を丸めて歩いていると、お母さんは『背筋を伸ばしなさい』とか、近所の人とすれ違う時に小島くんが会釈したにも拘わらず『こんにちはと言いなさい』と、お母さんがうるさかったんだって」

「中学生にもなると、親の言うとおりにしたくないと言うか、反発するよね」

「小島くんは、お母さんの言うことに従いたくないから、わざと背筋は伸ばさず、わざと『こんにちは』と言わなかったんだって」

「そんなことをしたら余計、小島くんのお母さんは『背筋を伸ばしなさい。いつも言っているでしょ』と言ったでしょ」

「ナツの言うとおりなのだけど、小島くんは中学に入ってから、自分のお母さんはちょっと、よそのお母さんと違う、と思ったそうなの。そこで『よそのお母さんよりもうるさいよ』と言い返したらね、小島くんのお母さんは、『一生懸命育てて、食べさせて、教えているのに』と言って、感情丸出しになったそうなの」

「感情丸出し？　どんな感じ？」

「小島くんのお母さん、大声で泣き叫んで、台所にあった箸を小島くんに投げたそうなの」

「……箸でよかった。包丁だったら事件だよね」

ナツはため息交じりにつぶやき、話を続けた。

「たしか中一の夏休み明けから学校に来なくなったような記憶があるけど」

「小島くんのお父さんはね、中学一年の夏に家を出ていったそうよ。そしたら、小島くんのお母さんのイライラが強くなって、小島くんが返事をしないだけで、小島くんに箸だけでなく茶碗も投げて、大声出すようになったんだって」

「思春期の小島くんに歩み寄れなかったのね」

「小島くんは担任の先生に、どうしたらいいかを相談したけど、『小島が母親の気持ちになって行動しろ』と言うだけで、埒が明かなかったみたい」

「小島くんはこれで担任が嫌いになり宿題を出さなかったし、お母さんが嫌がるように学校を休み始めたのね」

「お父さんはこの家を嫌になって家を出たのに、なんで自分は出ていけないのか、と思ったみたいよ」

「小島くん、それで万引きしたの？」

「そうみたい。祇園にある警察に小島くんを迎えに来たお母さんが、小島くんの顔を見て、『私はあんたをそんな子に育てた覚えはない！』と声を張り上げるから、小島くんが『あんたが育てたからこうなったんだよ』と言い返したら、お母さん、泣き崩れたんだって。小島くん、胸がスカッとしたって言っていたわ」

ナツはふと疑問を持った。

「その頃、小島くんは家に帰らないで、友達の家に泊まっていたの？」

「そうなの。小島くんは岸上や堂本の家に泊まっていたみたい」

「あの二人か」

「学校としても放置できないと考えて、あの月山教頭が動き出したの」

「あの厳しい月山聡子教頭が」

「教頭が家庭訪問で家に行けば、親は『いつもお世話になっています』とか『この度は万引きまでしてご迷惑をおかけして』と言うよね。ところが、小島くんのお母さんは『今日は先生が取り調べに来たのですか』と言ったそうなの、月山教頭が『小島くん、最近学校で元気ないので心配して来ました』と言うと、小島くんのお母さんは『私は食事を作って残さず食べるように謙太を教育しています。近所の人とあいさつできるように謙太を教育しています。ダメなのは学校です』と先生にキレたんだって」

「英子の話を聞くと、小島くんのお母さんにちょっと問題ありね」

「そのあと、小島くんが月山教頭に呼び出されて、『お母さんとお父さんが協力して子どもを育てるのが筋だから、小島くんはお父さんを頼りなさい』と言ったそうなの」

「エッ⁉　教頭はそこまで言ったの。それで小島くんは、お父さんのところに行ったのね」

「そうみたい」

ナツは英子との会話の途中から感じていた疑問を口にした。

「ところで英子はなんで、そんな話を私にするの？」

「それは、小島謙太がナツに会いたいと言うからよ。私ではなく、ナツに気持ちがあるみたい。それもちょっと強めかな」

「なにそれ」

「中一の時、福井のお父さんのところに向かう電車の中で、ナツのことをずっと思い続けていたんだって。ナツを連れて行きたかったみたい」

「私には今、付き合っている人がいるんで」

「えっ、えっ⁉　その人と結婚する前に、お兄さんのタケルさんに会っておきたいということなの」

英子は興奮したように体を大きく動かした。

「しーっ、大当たりだけど、英子、まだ誰にも言わないでね」


ナツは、英子から小島謙太の母の話を聞きながら、生みの母の沢子を考えてしまった。ナツの生みの母の沢子も強気な人だと、峰子から聞いていたからだ。

沢子はナツを矢倉家に預けてから今日まで、ナツに会いに来たことはない。

（預けた子どもが元気にしているか、会いたいと思わなかったのだろうか）

そう思うと、ナツは寂しくなった。

そして沢子が年老いた時、沢子はタケルのことをナツに委ねようとするのではないか。

沢子が死んだ時、タケルには家族がいなくなる。その時、妹であるナツにどのような責任や負担がかかるのだろうか。

ナツはタケルと沢子に会うことは、何か重い物を背負うことになるかもしれないと突然不安になった。

6 タケルがいない

四月十日午前十一時三十分、エブリのB棟では、利用者の昼の食事が始まっていた。利用者十七人がリビングに集まって、二つのグループに分かれて食事をしていた。

その日、若村は内科検診のため午前の勤務を休んで、昼の十二時前にB棟に入って、食事の介助をすることになっていた。

若村は、B棟に入ろうとして鍵を差し込んだ。左に回そうとしたが動かない。鍵がかかっていないから。ドアを引くと、ドアが開いた。

タケルがいつも座っている方に目をやった。タケルがいない。若村の目に入ってきたのは、吉川がもくもくと食べる姿であった。

「田ノ原さん、タケルさんいるかな。確認してくれる、タケルさんの部屋を」

「タケルさんは部屋にいません」

「田ノ原さん、玄関のドアが開いていたよ」

「山川先輩が、奥津さんファミリーが外泊で出たあとに、外から鍵をかけるのを忘れたのかもしれません」

「玄関の鍵がかかっていなかった、タケルさんがいない。おいおい、大変なことだよ」

若村は、イライラする気持ちを抑えた。

先日の職員会議で、「吉川さんはタケルさんの真横に座ると、タケルさんをつねったり、叩いたりするので、二人の間に空席を作るなどして距離を置くこと」と再度確認したことが、若村の頭に浮かんだ。山川が外から鍵をかけなかったことも問題だが、田ノ原がタケルの横に吉川を座らせたのであれば、注意不足としか言いようがない。

若村は「田ノ原に注意する暇はない」と自らを落ち着かせながら、施設長にまず連絡を入れた。そしてすぐあと、里中の携帯電話に連絡した。

「今日の午後三時、タケルさんのお母さんの上坂沢子さんと妹という矢倉ナツさんがエブリに来るんだよ。午後三時までに何とかしなくては……。事務職員にも協力してもらってタケルさんを捜してもらうよ」

里中はそう言って若村からの電話を切った。

里中はまず事務職員と二人で、施設内や敷地内を捜した。タケルはいなかった。

里中は敷地の外を捜した方がいいと思った。里中は、

「外を捜した方がよさそうです。警察にも連絡を入れていただけますか」

長田施設長に伝えた。

里中も自分で捜しに出たかったが、これからエブリに来るタケルの母の沢子と妹のナツを迎えるために施設内に残った。
A、B、Cの各棟には、それぞれ十六人の入所者がいるが、今日はこのあと、職員一人で十六人を見守り、その他の職員はタケルの捜索にあたることにした。そのため午後の入所者の入浴は中止にした。
午後二時を過ぎた。十二時前後にタケルがいなくなって、すでに二時間が経過した。

あと一時間すると、タケルの妹の矢倉ナツと母親の上坂沢子がエブリに到着する。それまでに何とかタケルを見つけたい。

施設長はじめ、協力できる職員はすべてタケルの捜索に参加した。

B棟職員の森川は、勤務日ではなかったが、町の中を捜索してくれた。その森川から、里中に連絡があった。森川は、駅前のコンビニにも、駅にも、役場の中にも、役場近くの公園にも、中華料理屋龍庵にもタケルはいなかったこと、それぞれの場所のトイレの中も確認したがいなかったこと、さらに、エブリにボランティアに来てくれる川上さんの家にもいなかったと報告した。

「公園のそばの……池の中は？」

「大丈夫です、いませんでした」

「若村さんらは町の北側を捜索している。森川さんは引き続き、町の南側の捜索を頼みます」

〈タケルさんが散歩中に石を拾うことがよくある。石が落ちている場所となると、桜

並木の土手の下の河原かも）

森川は土手に上がった。その土手を八〇〇メートルほど、下流に向かって歩きながら、タケルを捜した。川にかかる橋が二本あったので、それぞれの橋の下まで下りて確認したが、タケルの姿はなかった。

（小さい川とはいえ、河口は大きく海に広がっている。この河口の流れにのみこまれたら、生きて帰ってこられないだろうな）

森川はそんなことも考えてしまった。

その頃から雨雲が空を覆い始めた。時刻は午後三時になろうとしていた。


エブリの職員の山川陽之助は、四月九日の夕方からの夜勤で、十日の朝はエブリで迎えた。そして昼前に、入所者の奥津さんと迎えに来た奥津さんの父との三人で、B棟を出た。

山川はもうすぐ五十歳になる。夜勤明けはさすがにきつい。疲れ切って自炊する元気もなかった。

山川はル・バンに入った。山川の行きつけの店だった。昼の十二時三十分頃であった。

ル・バンで山川がスマホを見ると、「タケルさんが失踪した、メールが欲しい」というメールが里中から届いていた。

山川の動きが止まった。突然に息苦しくなった。

（B棟から出る時に鍵を閉めるのを忘れた。自分の責任だ）

心臓が止まりそうになった。山川の頭の中は真っ白になった。

ル・バンの店員は山川の異常に気が付くと、店の奥にある部屋で休ませてくれた。

山川はソファで横になり、ハーハーと音を立てて息をしていた。

そのためル・バンの店員は、通りの向かいにある池戸内科に連絡を入れた。するとすぐに看護師が来てくれた。

「いつもの発作ですね。唇の色も大丈夫。血圧も大丈夫ですね」

看護師は血圧計をたたみながら、

「山川さんが倒れたことは、私からエブリに伝えます」

と言った。看護師は山川がエブリの職員であることを知っていた。そして帰り際に、ル・バンの店長に「大丈夫、血圧も正常、疲れね」と小さな声で伝えた。

エブリには総勢五十二人の職員がいた。タケルの捜索を手伝ってもらえそうな職員に、里中と施設長はメールしたり電話したりした。休日あるいは夜勤明けにも拘わらず、総勢十五人がタケルの捜索を手伝ってくれた。

時間は午後三時を過ぎた。タケルが失踪してから、三時間ほどが経過した。そろそろ上坂沢子さんと矢倉ナツさんが、エブリに着く時間になった。

7 ナツと沢子の再会

四月十日、ナツは京都から新幹線に乗って東に向かった。日差しは初夏を思わせる強さだった。熱海で新幹線を降りてから、在来線に乗って南にしばらく下ると、車窓に海が見え始めた。しかしその頃から、雲が厚くなってきた。

午後二時半、ナツはエブリのある町の駅を降りると、雨が降らないことを祈りながら、西に向かう坂道を上り始めた。これから自分の生みの親である沢子と、兄のタケルに会うと思うと、ナツは体が少し熱くなるのを感じた。

上り坂を十五分ほど歩いた。右手に鉄筋の建物があらわれた。敷地内には四つの建物があり、東側には緑の葉をつけた桜の木が二本並んでいた。この付近には他に建物がなかった。そして手前の大きな建物につながる小道を進むと、玄関に知的障害者施設エブリと書いてあった。

深く息をしてから、ナツは透明の玄関扉を押した。時間は午後三時を過ぎていた。ナツが玄関に入ると、右手のガラス越しに職員が見えた。ナツが会釈すると、事務員が出てきた。

「私、矢倉ナツと申します。今日、エブリに入所している兄の上坂タケルさんに面会に来ました」

ナツがそう言うと、ほどなく、里中と長田施設長が出てきた。ナツがあいさつすると、里中と長田が名刺を出した。


ナツは応接室に通され、里中と長田の前に座った。二人とも緊張した面持ちであった。ナツは和菓子職人と書いた自分の名刺を差し出した。名刺が里中の手に触れると同時に、里中が口火を切った。

「さっそくなんですが……」

里中が頭を下げテーブルに手を置いて続けた。

「実は、タケルさんが施設からいなくなって、今みんなで捜しているところです。申し訳ありません」

横にいる長田施設長も頭を下げて「申し訳ありません」と続けた。

ナツは「えっ」と言ったものの、そのあとの言葉が見つからなかった。

「現在、職員が総出でタケルさんを捜していますので、しばらくお待ち願えればと思います」

「タケルさんは、自分でここに帰ってきますすよね?」

「それは……そうだとよいのですか、とにかくみんなで捜しているところです」

ナツは状況を把握できないまま、「どういうことですか」と口調が強くなった。

沈黙が流れた。里中と施設長は顔を見合わせて、そのあと里中が話を続けた。

「実は、以前にもタケルさんが施設から出て行ったことがあり、警察に保護されて、私、里中が迎えに行ったことがありました」

「タケルさんが自分でエブリから外に出て行き、迷子になって警察に保護されたということですか」

「そのとおりです。その時は、ほどなく警察が保護してくれました。今日も、近いうちに見つけることができると思っています」

「今日は、いったい、何があったのですか」

「今日の昼頃、職員が玄関の鍵をかけ忘れた隙に、タケルさんが玄関から出て行かれたものと思われます」

「タケルさんは黙って出て行ったのですか」

「そうです。知的な障害があるので、私ども職員がしっかり見ていないといけなかったのですが、申し訳ありません」

里中は、タケルが黙って出て行ったことよりも、自分たちの不手際を言葉にした。ここで「タケルには知的障害があるのでいつも黙って出て行く」とは言いづらい。

「タケルさんは、どれくらい話ができるのですか?」

「『アーア』と声を出してくれますが……それ以上は喋れません」

「ということは、タケルさんは迷子になったら、『助けて』とか『道を教えてください』

とか言えないのですね」

「そのとおりです」

「喋れなくても、交番に行ったりコンビニに入ったりすれば、助けてもらえるように思いますが」

「以前に駅前の中華料理屋にタケルさんが入ったことがあったのですが、その時には、店から警察に電話が入り、里中が迎えに行きました」

「そうですか。タケルさんは自分で助けを呼べないのですね」

「こんな小さい町です。エブリの職員が手分けして捜しています。今しばらくお待ち願えませんか」

「今日、私の母、沢子もここに来る予定なので、この応接室でタケルさんと母を待ちます」

「承知しました」

午後三時半、ナツの実母、沢子が運転する車がエブリに着いた。雨が降り始めていた。

沢子は、タケルが失踪したことを、施設長からの電話で聴いていた。そのため応接室に入るやいなや「ナツさん、積もる話はあるけれど、今はタケルさんを捜すことを優先しましょう」ときっぱり言った。

タケルの捜索に突き進もうとする沢子の態度に、ナツは母親としてのエネルギーを感じると同時に、知的障害がある人が失踪することの重さを感じた。


背筋を伸ばし落ち着いて話す沢子の声が続いた。

「長田施設長さん、もしタケルさんに何かあったら、どうしてくれるの」

「申し訳ありません。今、全力で捜しています。職員も警察も役所も協力してくれています」

「施設長さん、私が知りたいのは、本当に全力なのか、ということ。休みの職員全員に連絡とれているのかしら。私が職員さんに直接電話して指示したいわ」

「それはちょっと」と、長田は困った顔をした。

「施設長さん、初期対応に不備があれば、あなたの責任ですよ」

横で聞いていた里中が、

「上坂さん、今、職員の勤務表を提示しながら話をさせていただきます。B棟の職員は現在十三人います。昨日からの夜勤明けの人が二人いますが、そのうち一人が協力してくれています。今日出勤日ではない二人にも連絡を入れました。これから夜勤に入る二人は自宅待機せざるを得ません。残る七人のうち二人を棟に残し、四人は勤務として捜索に出ています。残る一人は私、里中です」

しかし沢子の怒りと焦りは収まらなかった。


沢子は、ナツを一目見ただけで、自分の娘だとわかったのだろう。というのも、ナツに向ける表情は、里中や長田施設長に向ける表情とは違っていた。

タケルが失踪し、緊迫した状況にあったが、ナツは沢子を見て、確かにその目元が、育ての親、峰子にそっくりだと思った。

沢子は里中に詰め寄った。

「里中さん、駅前の中華料理屋龍庵は捜したの？　とんかつ屋のトントン軒は？　ウナギの柳原は？　イタリアンのトレタッテは？　それからカレーのル・バンは？」

「タケルさんとお母さんが行った店はすべて確認に行かせました。また、それぞれの店のトイレも確認したとの連絡が入っています」

沢子も、タケルがトイレに入って籠もることを十分に承知していた。ナツは沢子を頼もしいと思った。

「里中さん、B棟に行きましょう。そこで状況を教えてください」

すると長田が「里中はここにいて、外からの情報を収集していますので」と言いかけたが、里中が施設長を言葉でさえぎり、

「お母様がこのように言っているので、B棟に行って私が説明してきます」

沢子も「情報収集は施設長さんがしてください」と言い残して、里中と沢子とナツは、今までいた管理棟を出てB棟に向かった。

管理棟内には、事務所、施設長室、応接室などがあり、利用者が入所する、A棟、

B棟、C棟とは別棟になっていた。

ナツは、里中や沢子に続いてB棟のドアの前に進んだ。里中はドアの鍵を開けながら、「職員がこの鍵を閉め忘れていました」と沢子とナツに説明した。

B棟に入ると左右に大きなリビングが二つあった。それぞれのリビングの奥に、東に伸びる廊下があって、廊下の両側に利用者の部屋が並んでいた。

三人とも、タケルが利用している左側のリビングに進んだ。

ナツは障害者が生活する施設に初めて入った。ナツの視界には、ソファに座っている人、床に敷いたマットの上に横になっている人、テーブルに座ってジグソーパズルをしている人、窓際で頭を窓につけながら眠っているように見える人……多くの人たちがいた。パズルをしている人の視線が、一瞬ナツの方を向いたので、会釈したが、その人の視線はすぐにパズルに戻った。

廊下の一番奥には「うっ、あっ」と声を出しながら、体をリズミカルに左右に揺らしている人がいた。ナツは、じろじろ見るのは申し訳ないと思いながら、「こんにちは」とあいさつした。その人は、ナツの声に反応することも、視線を合わせることもなく、「うっ、あっ」と声を出しながら、同じリズムで体を左右に揺らし続けた。

北村英子から重度の知的障害がある人の話を聞いていたものの、重度の知的障害がある人の姿を目の当たりにし、ナツの表情は動かなくなってしまった。

その表情に気づいた里中が話し始めた。

「ナツさんは、知的障害者の施設に入られるのは初めてですね」

「はい、初めてです。タケルさんのことでお聞きしていいですか?」

「どうぞ」

「迷子になっているタケルさんは、自動販売機で飲み物を買えますか?」

「自動販売機の前で職員が硬貨を渡せば、タケルさんはそれを投入できますが、どの硬貨を何枚入れたら買えるのかはわかりません。エブリの入所者のお金については、施設で管理するようにしています」

「タケルさん、せめて水分をとっていてほしいと思うのですが、それも無理なのですね」

「残念ですが、タケルさんはお金を手元に持っていないし、お金があったとしても、自動販売機を使えないです」

「タケルさんは、今日を生き延びるために、何もできないのですね」

「タケルさんは一人では生きていけなくても、私どもが、食事を提供して、入浴や着替えや、排せつもその人に応じて支援すれば、いい表情を見せてくれますよ」

　里中はいい表情を見せてくれることを強調した。里中は、今は、タケルの障害が重いことを説明する時ではないと考えていた。

「タケルさんには、いろんな支援が必要なのですね」

　里中は「タケルさんはパン生地をこねる作業を頑張ってくれます」と言いながら、作業場の方を指さし、「職員が粉と水を用意すれば、タケルさんは、力強くパン生地をこねてくれますよ」と説明した。ここでも里中は、力強くこねていることを強調した。

一方、沢子は職員の若村の方を見た。

「若村さん。あなたはタケルさんがいなくなった時にどこにいたの？　誰も見てなかったの？　それから、B棟の玄関ドアはいつもは鍵が閉まっていて、職員が鍵を開けないと出入りできないルールですよね」

何回もエブリに来ている沢子は、若村の名前を覚えていたし、B棟の玄関の鍵についても知っていた。

「私がB棟に来た時、玄関のドアに鍵がかかっていなくて、すでにタケルさんがいなくなっていました。外泊する利用者と外泊のために迎えに来た家族が、B棟の玄関を出たあとに、タケルさんが出て行ったと思います」

「それだったら、一緒に出た職員が、外から鍵を閉めるのを忘れたということね」

「おっしゃるとおりです。服はベージュのTシャツであったことは把握しています。靴は、運動靴がないので、タケルさんはそれを履いて出たと思います」

「服装と靴はわかっているということね。ところで鍵をかけ忘れたのは誰？」

「奥津さんと一緒にここを出た職員だと思います」

「山川さんじゃないの？」

「……」

若村も山川と思っていたが、口に出せなかった。

「タケルさんは山川さんのこと好きでしょ。だから山川さんについて行ったのでは？」

「お母さんがおっしゃるとおりかもしれません」


ここまで話をして、里中と沢子とナツは、B棟を出て管理棟に戻った。

雨が本降りになっていた。時間は午後六時を過ぎて、あたりは暗くなり始めた。

タケルは傘を持っていないと思うと、沢子の気持ちは落ち込んだ。


三人は管理棟の中にある応接室に戻ると、沢子とナツは、テーブルをはさんで、長田と里中と向かい合った。

「警察から連絡はないのですか？　昼の十二時頃にタケルさんがエブリを出たとすると、もう六時間が過ぎています。雨も降っているし、夜は寒いですね」

「警察から連絡はありません」

「里中さん、この町の地図がありますか？　職員がどのように捜索しているの。教えてくれませんか」

里中が地図を広げながら、

「職員の森川が駅周辺を捜索したあとに、駅の南側の川沿いの遊歩道に出て、東に向かって橋の下も確認しながら河口まで歩き、そのあとに海岸線を捜索しています」

「駅周辺と言っても広いですね」

「役場、中華料理屋の龍庵、喫茶店、スーパー、コンビニエンスストアを捜しています。別の職員が森川の反対側、町の北側を捜索しています。北側は、とんかつのトントン軒や、ウナギの柳原や、イタリアンのトレタッテがあります。それからル・バンなどがあるところです」

「知的障害がある人が失踪すると、池の中で見つかったり、川でおぼれたり、車にぶつかったりして命を落とすことがあるって聞いていますよ」

「公園の池も確認しています。町の東を走る国道は、このあたりでは交通量が多いので、職員が手分けして捜しています」

「川に流されたり、池に沈んでいたりすると思うと……もう、どうしてくれるの」

里中には、沢子を励ます言葉がなかった。

沢子はふと思い出したように聞いてきた。

「山川さんはどこを捜しているの？」

「山川は夜勤明けのあとに息苦しくなって、池戸内科の看護師の訪問を受け、今は自宅で静養しています。体調が戻れば、私に連絡があるはずです」

「……私も疲れました。今日はここで休ませてください。少しでも早くタケルさんのことを知りたいので、私はこの応接室にいます」

沢子はそう言うと、ナツに視線を向けた。ナツは頷き、「私もここに」と言った。

「わかりました。職員食堂に夕食を用意します。シャワーは職員当直室のものを使ってください。この応接室の床にマットを敷いて、布団を用意させていただきます」

長田はそう言うしかなかった。

夜になると、エブリの南側を通る道は車の往来がほぼなくなる。

午後九時を過ぎても「タケル発見」の報告は届かなかった。警察からは「今夜は、タケルさんの捜索を一旦中止し、明日の朝に捜索を再開する」とエブリに電話があった。

里中と施設長の長田は、施設内に待機して連絡を待っていたが、午後九時半になるとエブリを出た。明日以降の勤務上やむ得なかった。事務当直者が当直室に一人残って、警察や外部からの連絡を待つことになった。

雨が降るエブリの夜は静かであった。夜になると、沢子もナツも肌寒くなってきた。

8 タケルと仙太郎の夜

仙太郎の家は、エブリの前の道を西に進み、つづら折りになった坂道を上ったところにある。家の周りは水田と畑が広がっているため、坂の下から見ると、ぽつんと一軒だけ仙太郎の家が見えた。仙太郎の家の東側の窓を開けると、眼下には棚のように重なる水田が並び、その向こうに街と海が見えた。

昨年の秋、乳がんを患っていた仙太郎の妻のたか子の肺に、がんの転移が見つかった。この時、たか子に残された寿命はあと半年と、癌センターの医者から言われた。

仙太郎もたか子も、海を見ながら過ごしたかった。そこで峠に近いところにあった農作業小屋を改築して、たか子の部屋の窓から海が見えるようにした。リビングは仙太郎の部屋を兼ね、西の山側に台所とトイレとシャワー室を作った。

昨年の十月に、たか子とここに引っ越してきた時、たか子は「あんたにこれ以上苦労をかけられないよね」と気丈に言いながら、自分でベッドから立ち上がり、一人で、喘ぎながらもトイレに行っていた。ところが、今年になってから、自分で体を起こして座ることもできなくなった。仙太郎はたか子のおむつを交換し始めた。

そうなっても仙太郎は、たか子のベッドを起こして、毎朝、たか子に海を見せた。たか子はうれしそうな顔を見せた。

二月の中旬を過ぎて、早咲きの桜のつぼみがほころび始めた時、たか子が「あんたは最高の男」と言い出した。仙太郎はその言葉をうれしく思った。しかしその後、たか子の口調が日に日に弱々しくなった。

そして二月末、息を引き取った。仙太郎は一人で、たか子を送った。

たか子が死んでから一か月が過ぎて四月になった。仙太郎の気持ちは、やっと外を向き始めた。

8　タケルと仙太郎の夜

四月十日の午後、仙太郎は駅のそばのスーパーに行って、たか子が好物だった羊羹を買った。芋、ニンジン、玉葱、鶏肉などの食材も買った。たか子に手向ける花は道端に咲く紫色の花にした。

午後三時半頃から雨が降り始めた。仙太郎は帰宅を急いだ。

帰宅後は、たか子の写真に羊羹を備えて手を合わせたあと、セロニアス・モンクのジャズを聴きながら、カレーを作り、コーヒーを飲んで過ごした。

カレーのルーを溶かし終わった時、仙太郎は玄関先に人影を感じた。外はすでに暗くなっていた。

仙太郎は玄関の扉に身を寄せて、家の中から「どなたですか」と声をかけた。返事はなかった。扉を少し開けて「どなたですか」と言うと、やはり目の前に人はいたが「アーア」と言うだけだった。

仙太郎はびっくりした。前かがみの姿勢でじっとしている、雨で濡れた運動靴をはき、傘を持っていない、そんな人が立っていた。

仙太郎は「こんにちは」と言ってみた。その人は「アーア」と言った。仙太郎が「どうしましたか」とゆっくり言うと、その人は「アーア」と、また言った。

仙太郎は、悪い人ではないと思った。と同時に、目の前にいる初対面の人に、生きようとする力を感じた。仙太郎は雨に濡れた服を何とかしてあげたいと思った。

「中に入るかい」と言ってみたが、その人からは返事がない。仙太郎は玄関を出て、肩を軽く叩きながら、家の中に誘った。

その人は玄関に入った。とりあえず、これで雨を避けることはできた。

仙太郎は、この人をなんて呼んだらいいのだろうと思いながら、ベージュ色のTシャツの襟を見ると、「タケル」と書いてあった。仙太郎は「タケルさんだね」と言った。その時も、その人から返事がなかった。仙太郎は「タケルさん」とゆっくり言ってみた。そうすると「アーア」と返事があった。仙太郎は訪ねてきた人を「タケルさん」と呼ぶことにした。


「あ、やばい！」

カレーを作っていたことを思い出し、慌ててコンロの火を止めた。

まず仙太郎はタケルに着替えを用意した。仙太郎が少し手伝うと、タケルは用意した服を自分で着た。時計を見ると午後八時であった。

仙太郎はカレーを二皿に分けた。タケルの前にスプーンと箸を置くと、タケルはスプーンを使って食べ始めた。タケルは「アーア」と言った。「ありがとう」とか「おいしい」の意味かな、と仙太郎は思った。

午後九時前になった。夕方からの雨は降り続いていた。寒くなってきた。

仙太郎が台所で食器を洗って、トイレからリビングに戻ると、タケルは床に敷いたマットの上に寝ていた。仙太郎はタケルの頭の下に枕をはさみ、タケルに毛布を掛けた。

「タケルさんのシャワーと歯磨きは、明日にさせてもらうよ」

仙太郎はタケルの顔を見ながらつぶやいた。タケルは雨の中をどこからか歩いてきたので疲れているだろうと思った。そしてタケルの寝顔を見ていると仙太郎も眠くなった。

9 ナツと沢子の夜話

午後十時になった。夜のエブリは雨の静寂の中にあった。

事務当直の職員は当直室に入り、そこで外からの電話を待った。

エブリの管理棟の中にある応接室には、ナツと沢子だけが残った。


今日、ナツは物心がついてから初めて、実母の沢子に会った。

(その日に、兄のタケルが失踪するとは)

まさに青天の霹靂である。

「今はタケルさんを捜すことを優先しましょう」と言った沢子の言葉が、ナツの頭に響いていた。

ナツは自分が小さかった頃の話や、実父の孝一の話を聞きたかったし、また、自分が和菓子工房を立ち上げたことや、養母の峰子の近況についても伝えたかった。

しかしながら今はタケルが失踪し、その失踪はタケルの身を危険にさらしていることがナツにもわかったので、ここでは、タケルのことを聞くことにした。それしかないと思った。

「なぜタケルさんはエブリを飛び出したの？」

「飛び出す前に、何かきっかけがあって、外に飛び出していったと思う」

「タケルさんが職員に虐待されたから、という可能性はないの？」

「虐待の可能性もあるかもね。ニュースやネットを見ると、施設職員が利用者に暴力を働いたとか、食事を減らしたとか、いろいろあるわね」

「虐待は絶対ないとは言えないよね」

「私は月に一回、ここに来ているだけだから」

「わかりにくい虐待もあるからね」

「私はね、タケルさんに会った時、服装をチェックするの。寒くないような服を着ているかな。服のにおいをかぎながら、着替えさせてもらっているかな、シャワーに入っているかなと」

「エブリを疑っているのね」

「疑っているというより、親ってそういうものなの。ちゃんと服を着ているかな、食べているかなって、生まれた時から毎日ずっと心配しているの」

「そういう親目線では、エブリでは虐待はないのね」

「エブリでは、虐待はないと言うか、ないことを期待しているだけかもね」

「その他に、タケルさんが出て行った理由は考えられないの？」

「ここには、いろんな人が入所しているから。タケルを叩いたり、押したりする人もいるから。他の利用者に何かされて、外に出た可能性もあるね」

出て行った理由が、タケル自身にないのか、とナツは思った。

「タケルさんにも原因があるのかな」

「タケルさんは人をつねったり、咬んだりすることがあるの」

「咬むの!?　怖いわ。私も咬まれるのかな」

「施設長さんが言うにはね、タケルさんが咬むのは、誰かが大声を出した時だと」

「B棟の廊下で、声を出しながら体を左右に動かしていた人がいたけど」

「持続する声ではなく、突然に大きな声がすると、タケルさんは咬むようなの」

「大きな声で突然……『ダメ！』みたいな声かな」

「そう」

「でも職員さんも、時には『ダメ』って言いたくなるよね」

「タケルさん以外の入所者が何かして、職員が『ダメ』と大声を上げた時も、タケルさんは、職員や入所者を咬むこともあれば、飛び出していくこともあるの。それから、外泊する入所者と一緒にB棟を出た山川さんを追いかけた可能性もあるかな。タケルさんは、山川さんのこと、好きみたいだから」


沢子の話にナツは聞き入った。

ナツは、ポットのお湯で、沢子と自分にお茶を入れた。

夜十時半を過ぎた。雨が降り続いていた。タケル発見の知らせは、まだ届かなかった。

沢子の話が続いた。

「タケルさんは、みんながおむつを外せる五歳頃になっても、おむつを外せなくて、タケルさんがおもらしした時に、保母さんが『おもらしダメ』と言ってタケルさんの太ももをつねったの。保母さんは、タケルさんのオムツを外したかっただけで、悪気はなかったと思うけどね。ところが、そのあと、タケルさんは、ほかの子や保母さんや私を、つねるようになったの。そのつねり方がだんだん強くなって」

「今でもタケルさんは人をつねるの」

「つねりは今も続いているよ。養護学校に行っている時、腕力の強い先生が『つねるな！』と言って、タケルさんの両腕をぐっと握ったみたい。腕を握られたタケルさんは、その先生の肩口を咬んだの。それが、タケルさんの咬む行動の始まりかな」

「そんな話を聞くと、タケルさんがつねるのも咬むのも、タケルさんだけのせいじゃないように思えるわ」

「そうなのよ」

ナツは話を聞きながら、この母親はタケルと必死に生きてきたに違いないと思った。そんな大切なタケルをなぜ自分の手元から離したのだろう、という疑問がわいた。

「タケルさんをなぜエブリに入れたの？」

「それは、通所施設に限界があったからかな。養護学校を卒業したあと、近くの通所施設に通ったけど、そこでは、職員が『つねりはダメ、咬むのはダメ！』と大声で注意したの」

「『つねりはダメ、咬むのはダメ』は正しいけどね」

「ダメと言われても、タケルさんは自分を守るのにどうすればいいかわからない。職員の方には、なんでつねるのか、なんで咬むのかを考えてほしかったのだけど……」

「職員は考えてくれなかったの」

「その職員は、タケルさんがつねったり咬んだりすると、それを止めるために『ダメ！』と大声出してばかりだった。その頃からタケルさんは、通所施設から家に帰ったあとも、大声出して暴れるようになって、壁を蹴ったり、私を叩いたり咬んだり。仕方なく、警察にもお世話になったのよ」

「………」

「困っている時、エブリを紹介されて、ここに来たの。タケルさんは、つねることもあるし、中学生の頃から人を咬むことがあると、長田さんに正直に話したわ。それでも長田さんは、タケルさんに会ってくれた。そして『タケルさんの咬む行動は、私どもの対応を調整すれば何とかなります』と言って、入所を受け入れてくれたの」

「長田さん、すごいね」

「やっぱり長田さんは、たくさんの知的障害者に関わってきたから、判断できるのだと思う。……今日はタケルさんのことで疲れたわね。もうすぐ十一時だから横になりましょう」


しばらくすると、沢子は寝息を立てて眠り始めた。

ナツはソファに深く座ってため息をついた。

B棟で見た、ジグソーパズルをしていた入所者の姿や、「うっ、あっ」と言いながら体を左右に揺らしていた人の姿が浮かんできた。いつの間にか、彼らと、まだ会っていないタケルを重ね合わせていた。里中は「食事を提供して、入浴や着替えや排せつを支援すれば」と言っていた。タケルが生きていくためには、多くの支援が不可欠なのだ。

目の前で眠っている沢子は、タケルが生まれてからずっと、生きるための支援をしてきたに違いない。食事や入浴や排せつに関わる支援をして、それに加えて、タケルが他の人をつねったり、咬んだりすれば、他の人に迷惑になっていないかと思い悩み、さらにまた、タケルが自宅で大声を出したり、壁を蹴ったりすれば、タケルの表情を見たり、声をかけたりしながら、タケルの気持ちを必死に探っただろう。

また、沢子は夫の孝一が死んだあと、夫の会社を継いだ。社員を守り、自分とタケルの食い扶持を稼ぎ、障害があるタケルの命をつなぐために、ナツを妹の峰子に預けざるを得なかったのだろう。

Ｂ棟の入所者と、まだ見ぬタケルと、目の前で眠っている沢子を重ね合わせると、ナツの心の奥底にある「お母さんに捨てられた」という恨みにも近い感情が溶け始めた。

（もし、タケルとナツと沢子が三人で暮らしていたら、どうなっていたのだろう）

ナツは考えてみた。答えは簡単なように思えた。

沢子は、時間や労力や愛情のほとんどを、育ちの思わしくないタケルに注ぎ込んだだろう。そして、ナツは片隅に追いやられていただろう。その結果、沢子の愛情の大部分をタケルに奪われたナツは、タケルに嫉妬し、沢子に嫌悪感を抱きながら成長していただろう。そして上坂の家を飛び出していたかもしれない。

（もしかしたら、母は私を大切に思って矢倉の家に……）

ナツの心にあたたかい灯がともった。

10 タケルと仙太郎の朝

四月十一日の朝、雨は上がって、青空が広がっていた。

タケルは午前六時過ぎに起きると、仙太郎に「アーア」と言った。

高齢の仙太郎は、左右に寝返りをして立ち上がるための準備運動を始めた。次に、うつ伏せになり、膝に手を当てて、ゆっくりと立ち上がった。

タケルがカーテンを開けていたので、部屋には朝の光が入ってきた。「タケルさん、おはよう」と仙太郎が声をかけると、タケルは「アーア」と答えた。タケルの「アーア」を聞いて、仙太郎の顔がゆるんだ。

仙太郎がタケルに近づくと、昨夜、シャワーに入っていなかったので、タケルは汗臭かった。仙太郎はすぐにタケルをシャワーに誘導した。

風呂場に入ると、タケルが仙太郎に向かって両手を差し出す。仙太郎はタケルの手のひらにシャンプーを少しのせた。するとタケルは頭を洗い始めた。洗い方は雑とはいえ、汗臭さは抜けた。

仙太郎は、風呂上がりに、コップに注いだ冷たいお茶をタケルに渡した。

次にサイフォンでコーヒーを淹れた。タケルにもコーヒーが入ったカップを渡すと、タケルは「アーア」と言った。仙太郎はタケルのカップに砂糖を入れた。「アーア」と、またタケルが言った。そこで仙太郎は、タケルのカップをかき回した。仙太郎が「これでいいかな?」と言いながらタケルを見ると、タケルはコーヒーを飲み始めた。タケルの表情はおいしいと言っているように見えた。

そのあと、仙太郎は卵焼きを作り、タケルに、出来上がった卵焼きとパンと牛乳を渡して、朝ごはんとした。

朝食後、食器を洗っていると、仙太郎の持病の腰痛が始まった。右の腰から右足に向かって、痛みが走った。仙太郎はシンクの縁に両手をついた。八十歳になった仙太郎の体力の限界であった。

仙太郎は警察に電話した。午前十時を過ぎていた。

「タケルさんという青年を預かっています。迎えに来てくれますか」

11 ナツと沢子の朝

翌朝四月十一日、ナツは午前六時過ぎに目が覚めた。窓のブラインドの隙間から朝陽が漏れていた。

窓を開けたナツの目には桜の葉の緑が映り、野鳥のさえずりが聞こえてきた。

沢子は気忙しく応接室を出て事務室に行った。残念ながら、タケル発見の報告は届いていなかった。


七時過ぎ、入所者と同じ食事がナツと沢子の前にあった。

食事をしながら、沢子が疲れた声でタケルの話を始めた。

失踪したタケルのことを昨日から心配し続けているので、沢子が疲れるのも無理はない。沢子はタケルの最悪の状況を考慮しているように、ナツには思えた。

「里中さんは、カレンダーの私が来る日のところに、私の小さい写真を貼ってくれるの。そうすると、毎朝、タケルさんはそこを指して『アーア』と言うようなの」

「タケルさんは、今日は、何月何日かわかるの」

「タケルさんは私の写真を見て、指さしているだけだと思う。タケルさんは、今日と明日の違いもわかっていないし、日付のこともわかってないだろうな」

「でも、お……沢子さんのことはわかっているよね」

「いつも来る人、食べに連れて行ってくれる人ぐらいはわかっているかな」

「それだけ」

「里中さんは『お母さんのことはわかっていますよ』と言うの。その理由は、『お母さんが来た時のタケルさんの表情は普段とは違うから』って」

「タケルさんはわかっていると思う」

「タケルさんがわかっているかいないかは、私にもわからないけど、そうやって里中さんが『お母さんのことをわかっている』と私に語ってくれるでしょ。それを聞くと、親としてうれしくなるわ」

ナツは、無事に帰ってきて、沢子を見た時のタケルの表情が見たくなった。

沢子はまた、そわそわと事務所へ行った。残念ながら、午前八時を過ぎた時点でも、タケル発見の連絡は届いていなかった。しかし沢子はナツの前に座った時には、その表情に、タケルを捜してみせるという力が蘇っていた。沢子の母親としてのエネルギーをナツは感じた。

「タケルさん、まだ見つかってないみたい」

「職員や警察は、タケルさんが行ったことのある店や場所を捜してくれているけど、別に思い当たることがないの？」

「タケルさんは一人で飛び出した時には、どこに行くか予想がつかないのよ」

食事のあとに、事務員が入れてくれたコーヒーを飲んでいると、里中と長田施設長が応接室に入ってきた。時間は午前八時半前であった。

「今日は、昨日捜索したところ以外の場所を捜したいと思います」

沢子もナツもうなずいた。

「お母さん、何か、お考えがありますか？」

「私たちはこれまでにタケルさんが行ったところにいると考えているけど」

「そのとおりですが」

「タケルさんは一人の時、どの方向に向かうか、母親の私でも予想がつかないし、自分が来た道を戻ることもできません。私たちが思っていない場所にいることもあり得ますね。寒いから雨を避けて、夜暗くなったら明るい方向に向かっているのかな、と」

「雨を避けるためには……バス停。明るい方向となると、このあたりでは、駅か家の光ですね」

「もしくは、農家の小屋で雨を避けているとか」

ナツは暗い中、雨を避けて明るさを求めているタケルを想像し聞いてみた。

「誰かの家に入って、保護されている可能性はありませんか」

母親の沢子は残念そうに、

「タケルさんは、あいさつもできないし、自分の名前も言えないし、もちろん助けてとも言えないし。もし誰かが保護してくれたなら、おそらくすぐに警察に連絡があってもいいような気がするけど」

「警察の方には、人家に入っている可能性もあると伝えます」

里中もそう言うしかなかった。


しばらくすると、田ノ原と若村が応接室に入ってきた。

「お母さんが、タケルさんがどういう状況でこの施設を出て行ったか知りたいとおっしゃっていたと聞きしました。私たちから説明させてください」

緊張した面持ちで、田ノ原が話を始めた。

「入所者の吉川さんはタケルさんの真横に座ると、タケルさんの食事をとったり、タケルさんの体を横から押したりするので、二人の間に空席を作ることを職員間で申し合わせていたのですが、私がうっかりタケルさんを吉川さんの真横に座らせてしまいました。申し訳ありません」

「付け加えになりますが、吉川さんは大きな声で誰にでも、たとえば『日勤は○○さん。日勤は××さん』と何度も何度も繰り返すことがあります。その声を避けるために、席を立ったのかもしれません」

「二人は、タケルさんが外に出て行くのを見てないのですね」

「はい。申し訳ありません」

「謝るばっかりでは発見につながりません。タケルさんがどこにいるか、考えて」

沢子の口調は厳しくなった。沢子は若村の方を向いた。

「若村さん、山川さんはどうしているの？」

「山川がどうかしましたか？」

「昨日、外泊の方がB棟を出る時、一緒に山川さんもB棟を出たのでしょ。その山川さんを追いかけてないかな。山川さんに聞けば、何かヒントがあるように思うけど」

「山川は、昨日、夜勤が終わったあとに体調を崩しました。今は回復していると思いますので、連絡をとってみます」

若村も、タケルの発見につながるヒントがあればと思って、すぐに山川に電話した。タケルがまだ見つかっていない状況を説明したうえで、山川にタケルを捜索する時のヒントがないかを尋ねてみた。

「タケルさんは明るいところが好きだと思うけど……」

「なんでそう思うの？」

「タケルさん、朝起きると部屋のカーテンをすぐ開けるから」

「そうですね。ありがとう」

「いえ……すみませんでした、鍵かけ忘れてしまって……」

山川の声はまだ沈んでいた。

若村は、職員みんなが知っている、タケルが朝起きるとカーテンを開けることに、今更のようにタケルを捜すヒントがあるように思えた。

ここにいる誰もが、タケルが家の明かりを目指して歩いて、どこか安全なところにいてほしいと願った。タケルは自分ひとりでは、自動販売機で水を買って飲むことさえできない。そうなると最悪の事態も想定しなければならない。

昨日の昼から、ほぼ一日が過ぎようとしていた。

その時、施設長室の電話が鳴った。

応接室にいる、沢子もナツも里中も若村も田ノ原も固唾をのんだ。長田が電話に出た。

長田は電話に出てしばらくすると、

「ありがとうございます。……おそれいります。……午後一時にエブリに帰ってくるのですね、承知しました。家族や職員にも伝えさせていただきます」

と言った。長田の声を聞いて、みんなが胸をなでおろした。

電話を切ったあと満面の笑みを浮かべた長田が沢子とナツの前に来た。

「タケルさん発見です。警察から電話がありました。山本仙太郎さんという方の家にいたそうです。無事のようです」

「タケルさんの服濡れてないの？　ご飯食べたの？」

沢子はいかにも母親らしい心配をした。

「お母さん、山本仙太郎さんが、着替えをさせてくれて、食事を提供してくれたそうです。タケルさんは、これから警察の方に付き添われて、池戸先生の診察を受けて、午後一時にエブリに帰ってきます。ご心配おかけしました。申し訳ありませんでした」

12 つなぐ

昨日の雨が嘘のように、エブリから見える空は青かった。東の向こうには海も見えた。

タケルに初めて会うことになるナツ、母の沢子、B棟の班長の里中、施設長の長田、事務職員の望月一平。五人が玄関先で、タケルが乗ったパトカーを待った。

午後一時、パトカーがエブリに到着した。後部座席でタケルに付き添っていた警官が、パトカーから降りて皆に会釈した。その警官がタケルの手を引くと、タケルが後部座席から現れた。

タケルは五人の方を見た。表情が緩んだ。

横並びになった五人は、タケルに「お帰りなさい」と言った。

タケルは五人の顔を見たあとに、うつむきながら前に進んだ。

タケルはナツの前に来た。

うつむき加減のタケルの口元が、ナツの右の肩にぶつかりそうになった。ナツは咬まれるのかと身構えた。

次の瞬間、タケルは「アーア」と言った。

緊張がとけた。みんながもう一度、「お帰りなさい」とタケルに言った。タケルの表情はやさしかった。

「ナツさんとお母さんに見せる表情はやっぱり格別です」

里中がうなずきながら言った。

「これからは、ナツさんにもぜひ面会をしてほしいわ」

「来月も来ていただけますか」

母の沢子と長田もうれしそうに言う。ナツは笑いながら言う。

「タケルさんと私、似ている」

「タケルさんがみんなをつないでくれたね」

望月が安心したように言った。

そして里中も安心したように、

「タケルさんが好きなカレーを残しておいたよ」

と言うと、タケルは「アーア」と答えた。

タケルは里中に連れられてB棟に帰った。二人の警察官は、長田施設長と一緒に施設長室に入った。


ナツは、今日初めてタケルに会った。タケルのやさしい表情を見て、タケルの「アーア」を右の耳で聞いた。

タケルにはそれ以上の言葉がないので、タケルの気持ちはわかりにくい。それでも、パトカーから出てきた時のタケルのやさしい表情や、「アーア」の声に、タケルの精一杯の表現を感じた。しかも、タケルの目が自分に似ていた。

ナツは、タケルが車から出てきた時の表情を、もう一度見たいと思い始めていた。

ナツはまたエブリを訪問することにした。

「タケルさんのこと、自分のことを、時間をかけて考えさせてください」と里中に申し出た。里中は「もちろん。でも正解はありませんよ」とナツに言った。


ナツが里中と話をしているうちに、いつの間にか沢子は管理棟の中にある応接室に戻っていた。そして忙しなく携帯電話で話しながら帰り支度をしていた。そしてナツが応接室に戻った時には、沢子は支度を終えて応接室から出ようとしていた。

「昨日と今日、大変だったけど、タケルさんが無事でよかったね」

「ええ。本当はナツさんに二十九年前の話もしたかったけど、ごめんなさい、話す時間がないの」

「一つだけ聞いていい？」

「いいわよ」

「二十九年前、事故のあとに継いだ会社を経営しながら二人の子どもを育てられなかったから、峰子お母さんに私を預けたのね。その時に、障害のあるタケルさんを預けるわけにはいかないから、私を峰子お母さんに預けたのよね？」

「……ちょっと違うな。そのことは手紙で書くから、手紙を待ってて。ごめん、仕事がちょっと立て込んでいるから、私、先に帰るわ」

そう言い残して、沢子は本当に忙しそうに車でエブリを出発した。

エピローグ

エブリに残ったナツに、長田は「駅まで車で送りましょうか」と言った。ナツは長田の申し出を断った。二日間にいろんなことがありすぎたナツは、混乱した頭を落ち着かせたかった。

長田に頭を下げてエブリを出た。春の夕日を背中に受けながら、坂を下り始めた。

電車に乗ると急に睡魔が襲ってきて眠り込んでしまった。スマホのアラームで目が覚めると、熱海駅に止まった電車の中にはナツ以外の乗客はいなかった。

新幹線が熱海駅から西に向かい始めると、エブリのB棟でジグソーパズルをしていた人、体を左右に揺らしていた人がふと頭の中に浮かんできた。エブリに着くやいなや、里中や長田がタケルがいないと言って頭を下げる姿や、沢子に初めて会った瞬間や、パトカーからタケルが出てきた瞬間……どんどん思い出される。

沢子の話の中で印象に残ったことがある。それは、タケルがつねったり咬んだり、壁を蹴ったりする行動であっても、タケルの気持ちを読み取ろうとしていたことだ。そのような行動を困った行動と判断して、表面的な抑制をするのではなく、それらの行動の中にあるタケルの気持ちを探ろうとしていた沢子の姿勢に、ナツは惹きつけられた。

ナツはタケルと自分をつないでみたいと思った。

里中の話では、タケルはパンの生地を練っているという。それならば、たとえばナツの作った「あん」であんパンを作れば、一緒に仕事ができるような気がしてきた。

そんな思いを巡らしているうちに、新幹線が京都駅に着いた。

自宅である和菓子工房に着くと、もう日が暮れていた。

昨夜、雨の中、家が放つ光に向かって、黙々と歩いているタケルの姿が浮かんだ。

ナツは来月にでもエブリに行って、タケルと一緒に山本仙太郎さんの家へお礼に行くことを決めた。やさしい表情をして「アーア」と言ってくれる兄の姿を、もう一度見たかった。

矢倉ナツ様

二十九年前の二月に、五歳になるタケルと一歳前のナツと私を残して、二人のお父さんの孝一は交通事故で亡くなりました。ほぼ即死でした。

私は悲しみで、動けず、話しすらできない日々がひと月以上続きました。

その時に、妹の峰子が、「会社を続けながら二人の子ども育てるのは無理よ。ナツかタケルか、どちらか一人を私が育てるよ」と言い出しました。私からではなく、峰子が、どちらかを育てると言い出したのです。

考える力も乏しかった私は、その言葉に流され峰子を信じるしかないと思いました。

孝一が亡くなった時、私とタケルはすでに五年ほど一緒に生きてきました。その五年の続きがなくなることが、タケルにとっても私にとっても無理だと考えました。また、峰子には、タケルのそれまでの五年間を知らないまま、タケルと一緒に生きていくのは大変だと考えました。タケルの育ちが遅いことははっきりしていましたが、その育ちの遅れが第一の理由でタケルを峰子に預けられないと考えたのではなく、タケルと一緒に生きた五年間は、私にとってもタケルにとってもかけがえがないものだったからです。

いずれにせよ、ナツを手放したのは私の判断です。ナツに恨まれても仕方ないと思っています。

それから、タケルの今後について、ナツには義務も責任もありません。私に出来ることはしてあります。心配しないで。

それでも、できることなら、時々でいいので、エブリに行って面会して、一緒に外食したりしてくれたらと思います。

里中さんが言っていたように、タケルの表情を笑顔にできる人が、この世の中に増えたことを心からうれしく思い、そしてあなたに感謝しています。

上坂沢子

二〇二四年四月末日

あとがき

この小説で、知的障害がある人の姿、施設職員の働きかけや、家族の思いを描写してみました。

知的障害者施設であるエブリは、小説の中では、タケルを三回も失踪させてしまいましたが、温もりを感じる、心ある施設です。里中や森川をはじめとする職員は、タケルや吉川の特性をとらえながら日々の支援のやり方を工夫しています。鍵をかけ忘れた職員の山川はタケルに好かれています。施設長の長田は、知的障害者に対する考え方を後進に伝えようとしています。また、職員の若村は、自分の支援内容を充実させようと努力しています。

タケルがエブリに見当たらなくなったように、知的障害者施設に入所している方が失踪すれば、施設内には緊張が走ります。失踪した入所者の捜索に手を尽くします。

その一方で、母親の沢子のように「どうしてくれるのですか」と施設長に迫ります。施設側としてはこのような家族への対応にも追われます。

そんな状況で、里中は、沢子とナツをタケルが生活していたB棟に案内します。この里中の動きは、施設長に協力するだけにとどまらず、経緯を説明すると共に、ナツにタケルの仲間に会ってもらって、タケルのことを知ってもらう大切な機会になります。

ナツはタケルと一緒に住むB棟の仲間たちに会います。そして表情が動かなくなった時、里中はナツに声をかけます。その時の会話を通してナツは、タケルの失踪は命の危険性を孕むことを実感します。

そのナツの実感が、二十九年ぶりに会った実母の沢子への、タケルがなぜ失踪したのかという問いかけにつながります。ナツと沢子の対話は、二人の距離を近づけ、ナツの沢子に対する恨みの雪解けとなります。

この雪解けは、ナツだけのものではなく、筆者が体験した障害を理解していく過程にほかなりません。

情報化社会において、障害者や障害者施設に関するニュースも溢れています。耳目を引く情報が私どもに飛び込んできます。相模原の障害者施設であった虐殺事件、施設職員の障害者に対する虐待、優性保護法にもとづく不妊手術などです。また、施設の仕事は、きつい、きたない、給料安い、との情報もあります。

このような情報だけでは、筆者は障害者福祉の状況を十分に把握できないと考える一人です。

そこで筆者は、現在ある施設の中に、里中や長田のように、障害のある人にできる限りの支援を届けようとする人たちがいることや、障害がある人の笑顔をかけがえのないものだと感じる人がいることを知ってもらうのが大切だと考えました。その結果として、里中や長田のように頑張っている人たちと一緒に仕事をしたいと思う人が、少しでも増えてほしいと思っています。

この小説の中で筆者が書いた沢子の言葉は、筆者自身が、障害がある方の家族から頂いた言葉を参考にさせていただきました。また、施設職員がタケルや吉川に対応する時の息遣いについては、障害支援にかかわっている多くの福祉施設職員の方の意見をいただいて書きました。

末筆になりますが、私の拙い小説を最後まで読んでいただいた読者の方に心からお礼申し上げます。

この小説が、障害者の日常や支援を考えるためのたたき台になれば、筆者にとってはこの上ない喜びです。

筆者　田中正樹

著者プロフィール

田中　正樹（たなか まさき）

1955年、福井県生まれ

現在、てんかん専門クリニックで、診療を続けているてんかん専門医

てんかん診療の傍ら、知的障害者施設にも勤務

福祉施設職員とのケース会議や研究会にも参加している

〈著書〉

『てんかん専門医の診察室から　病気と共生するために』

（かまくら春秋社）

峠がある街

2025年4月15日　初版第1刷発行

2025年5月30日　初版第2刷発行

著　者　田中 正樹

発行者　瓜谷 綱延

発行所　株式会社文芸社

〒160-0022　東京都新宿区新宿1－10－1

電話　03-5369-3060（代表）

03-5369-2299（販売）

印刷所　株式会社エーヴィスシステムズ

ISBN978-4-286-26295-6